Joel Rufino dos Santos

O saci e o curupira
e outras histórias do folclore

Ilustrações

Zeflávio Teixeira

O saci e o curupira e outras histórias do folclore

Diretor editorial	Fernando Paixão
Editoras	Carmen Lucia Campos
	Claudia Morales
Editor assistente	Fabricio Waltrick
Redação	Baby Siqueira Abrão (Apresentação)
	Jurema Aprile (seção "Quero mais")
Coordenadora de revisão	Ivany Picasso Batista

ARTE

Projeto gráfico	Marcos Lisboa, Suzana Laub
	Katia Harumi Terasaka, Roberto Yanez
Editora	Suzana Laub
Editor assistente	Antonio Paulos
Pesquisa iconográfica	Lia Mara Milanelli
Editoração eletrônica	Divina Rocha Corte
	Moacir Matsusaki
	Eduardo Rodrigues
Edição eletrônica de imagens	Cesar Wolf

CIP-BRASIL. CATALOGAÇÃO NA FONTE
SINDICATO NACIONAL DOS EDITORES DE LIVROS, RJ

S233s

Santos, Joel Rufino dos, 1941-2015
O saci e o curupira e outras histórias de folclore /
Joel Rufino dos Santos ; ilustrações Zeflávio Teixeira. -
1.ed. - São Paulo : Ática, 2002.
64p. : il. -(Quero ler)

Apêndice
Acompanhado de suplemento de leitura
ISBN 978-85-08-08267-4

1. Folclore - Literatura infantojuvenil brasileira. I.
Teixeira, Zeflavio. II. Título.

09-2361. CDD: 028.5
CDU: 087.5

ISBN 978 85 08 08267-4
CL: 732276
CAE:219038

2021
1ª edição
19ª impressão
Impressão e acabamento: Forma Certa

Avenida das Nações Unidas, 7221 – Pinheiros – São Paulo – SP – CEP 05425-902
Atendimento ao cliente: (0xx11) – atendimento@aticascipione.com.br
www.aticascipione.com.br

Viagem em um mundo encantado

Responda com sinceridade: o que você faria se saísse por aí, numa noite muito escura, e de repente encontrasse... o saci? O curupira? E se fosse um homem do tamanho de um dedal? Ou um cavalo de um olho só?

Você fugia ou ficava, para saber no que é que ia dar?

Pois olhe, os personagens dessas histórias deste livro ficaram. Pagaram pra ver. E viram.

Para saber o que aconteceu com eles, basta acompanhar as aventuras que começam daqui a pouco, nas próximas páginas. Então você vai entrar num mundo encantado, cheio de personagens intrigantes e misteriosos do nosso folclore. O escritor Joel Rufino dos Santos é quem vai guiar sua viagem. Ele conhece muito bem as peripécias do saci, do curupira e de outras figuras que andam por aí assustando e divertindo a gente há séculos.

Quer mais? No final do livro, você vai ficar sabendo mais sobre as lendas do folclore, a história e os costumes do povo brasileiro.

Sumário

O saci e o curupira

Era uma vez um homem muito pobre.

Ele saía para caçar de dia, voltava sem nada. Aí resolveu experimentar de noite.

– É muito perigoso – avisou a mulher. – Se você ouvir barulho de pau batendo na árvore, pode voltar. É saci, querendo saber se a árvore vai resistir à tempestade que vem.

– Paque, paque!

Alguém batia na árvore, mas ele nem notava. Até que numa clareira topou com o Saçaruê, pulandinho numa perna só:

– Quem que lhe deu ordem pra caçar a esta hora?

– Ninguém – disse o homem, tremendo. – Mas é que sou muito pobre e não arrumo caça de dia.

– Gostei de você – falou o saci. – Você tem fumo?

O matuto deu fumo pro cachimbo do negrinho.

– Vamos fazer um trato – disse ele, baforando. – Se você me trouxer fumo toda noite, eu lhe arrumo caça.

Toda noite o pobre saía levando fumo pro saci.

E voltava com uma caça nas costas. Até que o fumo dele acabou.

– Faça uma coisa – sugeriu a mulher. – Leve estrume seco de cavalo. Ele pensa que é fumo e lhe dá a caça. Sem comida é que não podemos passar.

O homem morria de medo de enganar o saci, mas levou.

– Eta fuminho fedorento!... – comentou o calunga.

– É que tava guardado na estrebaria – mentiu o homem.

Na noite seguinte o saci não apareceu. Nem na outra, nem na outra. O homem ficou aborrecido e jogou a culpa na mulher:

– Ara, diabos! Você que me mandou enganar o neguinho...

Uma bela noite eles estavam dormindo, desanimados, barrigas vazias, quando bateram na porta.

– Não é ninguém – disse a mulher. – É a minha barriga fazendo rom-rom.

Tornaram a bater. O homem se levantou para espiar pelo cantinho da janela. Era o curupira.

– O senhor não tem aí um pouquinho de pólvora? – perguntou o menino de calcanhar virado. Mas perguntou baixinho.

– Tenho e não tenho – respondeu o homem, maluco pra fazer comércio.

– Se o senhor me arrumar um pouco de pólvora – disse o curupira –, cada noite lhe trago uma caça como essa. Só peço uma coisa: sua mulher não pode saber que sou eu.

A mulher, porém, tinha visto pela janela. Quando o homem entrou, ela foi logo dizendo: era o curupira, e coisa e tal.

– Era mesmo – confessou o homem. – Mas ele pediu pra não contar a você.

– Ele pensa que mulher não é gente – respondeu a mulher enfezada. – Quem não é gente é ele, nem buraquinho tem pra fazer xixi...

Uma noite o curupira cansou de bater na janela, cadê que o homem vinha abrir? Estava doente.

– Como vai ser hoje? – perguntou a mulher.

– Vista minhas roupas – sugeriu o homem. – Ele é criança e não vai perceber.

Foi a última noite que o curupira apareceu. A mulher jogou a culpa no homem:

– Não fosse sua ideia de jerico, a caça tava aí. Praga de homem!

Tanto brigaram que um saiu prum lado e outro pro outro.

O homem se chama João Galafoice. E está sempre de surrão às costas. Tem gente que acredita que é pra esconder criança. Bobagem. É um montão de fumo pra trocar com o saci. Só que o saci não aparece pra ele, não.

A mulher se chama Maria Gomes. Tá sempre de cabelo despenteado, anda que anda por aí. Maria Gomes espia o calcanhar de tudo quanto é menino, mas não precisa ter medo, não. Tá só procurando o curupira pra pedir desculpa.

A botija de ouro

Era uma vez uma escravinha que não tinha nome.

Quando ela foi comprada, se esqueceram de perguntar o nome dela.

O senhor sempre chamava:

– Ei, moleca, vem cá!

A escravinha vinha. Não precisava de nome, não.

Mas vai que os outros pretos não gostavam de chamar ninguém de moleca. Trataram de arranjar um nome pra ela. Toca a procurar.

– Vamos chamá-la de Noite – opinou vovó Belquisse. – Que ela é preta como a noite. Nunca vi mais preta.

Mas não gostaram. A escravinha era magrinha demais para um nome tão grande.

E palpitaram que palpitaram: Aluá, Gerebô, Quitu-xe, Giga, Azuzê, Anuanda... Nenhum prestava. E a escravinha continuou sem nome.

– Ei, moleca, vem cá! – berrava o senhor. Ela vinha.

– Ei, garota, me tira este bicho-do-pé! – Ela tirava.

– Ei, negrinha, me traz um copo de refresco! – Ela trazia.

– Ei, guria, me abana pra passar esse calor! – Ela abanava.

Vai que um dia a escravinha sem nome pegou a comer parede.

O senhor não *tava* olhando, ela comia um pouquinho. Mas não engordava, não. Mais parede que comia, mais fininha que ficava.

O senhor perdeu a paciência. Chamou o feitor:

– *Me* põe esta moleca no quarto escuro. E se, depois disso, continuar a comer parede ... Aí, me sapeca uns bolos nas duas mãos. Que eu quero ver.

O quarto escuro *tava* assim de aranha. Mas a escravinha conseguiu dormir. Sonhou que estava com fome e raaque, raaque, raaque, pegou a raspar a parede pra comer.

Raspou tanto, que encontrou uma coisa dura. Suas unhas começaram a doer.

Sabe o que que era?

A BOTIJA DE OURO! Que todo mundo procurava desde o Descobrimento do Brasil.

A botija alumiava tanto que no quarto parecia dia.

O feitor que ia passando ficou desconfiado:

– Que luz é essa aí, diabo de moleca?

– É um montão de vaga-lume – respondeu ela, pra disfarçar.

A escravinha sem nome, aí, tirou a gandola e embrulhou a botija. Bem embrulhada, que não aparecia nem um tiquinho.

Quando acabou o castigo, o feitor abriu o quarto e perguntou:

– Que embrulho é esse aí, diabo de negrinha?

– É aquele montão de vaga-lume – respondeu – que eu vou no brejo enterrar.

Mas o feitor não acreditou, não.

Quando a negrinha chegou na senzala, abriu a gandola. Vó Belquisse ensinou como se botava a botija pra funcionar:

– É só esfregar as costas do dedo maior de todos.

Dito e feito. Caiu que caiu dinheiro.

– E pra parar, vó Belquisse? Que vem aí o feitor.

– É só estalar os cinco dedos.

O feitor, porém, viu aquele clarão:

– Que luz é essa, diabo de pretos?

– É um montão de vaga-lumes.

– Qual mané vaga-lume, qual nada! – ele não acreditou. – Só pode ser a botija de ouro.

Correu contar ao senhor:

– Olha que a escravinha sem nome achou a BOTIJA ENCANTADA DO TEMPO DE CARLOS MAGNO.

O senhor chamou a escravinha:

– Cadê a botija de ouro?

– Tem botija nenhuma, nhonhô. Tem é um montão de vaga-lume.

– Cadê o montão de vaga-lume?

– Tá no brejo enterrado.

O senhor, aí, mandou escavoucar. Cava que cava, só voava grilo. Ficou com raiva. E mandou botar a escravinha no tronco:

– Vamos a ver se essa botija aparece ou não aparece.

O feitor, de maldade, passou mel na escravinha. Que era pra de noite as FORMIGAS DE BARRIGA LISTRADA a comerem.

Quando foi escurecendo, escurecendo... que a estrela papaceia mostrou a cara, o feitor chegou com artes.

– Então, diabo de moleca! Onde que está a botija de ouro?

– Tem botija nenhuma. O que tem é uma porção assim de vaga-lume.

– Então espera de noite – ele respondeu.

Já se ouvia o rajaque-jaque das barrigas listradas. A escravinha com medo, mas não entregava a botija de ouro, não.

Quando as formigas estavam bem perto, rajaque-jaque, saiu do brejo um montão de pisca-acende. Ficou tudo tão iluminado que nenhuma formiga chegou perto.

De manhãzinha, o feitor foi ver se a escrava estava roída. Cadê que não *tava*!

– Faz mal, não – jurou ele. – Espera a noite que vem.

Na outra noite, quando as formigas chegaram, os vaga-lumes vieram novamente salvar a escravinha. Acende-apaga, acende-apaga em volta do tronco.

549 noites foi igual.

– Espera a noite que vem – jurava o feitor.

A noite que vem acontecia nada.

A escravinha já estava tão magra que o tronco nem a prendia mais. Os buracos folgados, folgados. Ela fugiu, foi procurar o senhor:

– Aqui está a botija de ouro – falou. – Não quero mais. – Explicou como funcionava. O senhor toca a fazer dinheiro.

Tanto de dinheiro fez que a casa começou a afundar. Quando já *tava* atulhada de moedas ele gritou pra senzala:

– Ei, negros do diabo! Como é que se para este negócio?

Cadê que negro algum escutou. A senzala tinha ficado lá em cima.

– Ei, negros do diabo! Ei, negros do diabo!

A fazenda lá embaixo, os pretos cá em cima, sem dono. Todo mundo que passava queria saber que buraco tão fundo era aquele.

Os escravos, que não eram mais, contavam. E o feitor? Ninguém não sabe se está lá embaixo com seu dono. Como ele vivia dizendo à escravinha: "Espera a noite que vem", ela acabou ganhando esse nome: A Noite Que Vem.

Rainha Quiximbi

Há muito, muito tempo, vivia uma viúva sem amor. Ela casou, mas o noivo morreu na noite do casamento.

Não é que a viúva ficou na janela chorando? "Ai, quem me dera amar..." E coisa e tal.

Vai que um dia passa um homem mais bonito que o Sol. Era alto, braços compridos tocando a terra, pernas que pareciam de pau, os olhos duas brasas vermelhas.

Casaram.

A viúva notou que o marido ia diminuindo. Cada manhã ela o achava mais pequeno.

Quando ele ficou do tamanho de um dedal, começou a guardá-lo no seio.

Até uma noite, quando foi puxar o amante pra fora, cadê marido?

A viúva voltou pra janela. Seus cotovelos já tinham empedrado de tanta janela, quando apareceu um homenzinho. Tão pequerrucho que se ela falasse mais alto o vento derrubava. A viúva achou parecido com o que perdera e casou com ele.

Quanto mais amou aquele homem, mais ele cresceu. Um dia não coube mais na casa. A viúva só conversava com ele, agora, sentada na palma da sua mão.

Uma noite ela se lembrou de que não sabia o nome do tal.

– Chibamba – ele respondeu.

Boca pra que te quero! Chibamba, como se sabe, é o rei das criaturas encantadas.

Também não deu tempo à viúva de pensar: colou as duas pernas dela, transformando os seus pés em rabo de peixe. Depois, cobriu todo o corpo dela com escamas de prata.

Chibamba levou a viúva até a praia. Chamou os peixes e deu o seguinte recado:

– Esta é a rainha Quiximbi. Ela vai ficar aí dizendo as palavras de amor que disse para mim. Na terra não pode viver, que os homens não a deixariam em paz. Nas nuvens, muito menos: os raios e os trovões não a deixariam descansar. Ela é a rainha das águas. Ai de vocês se não tomarem conta direito!

Até hoje a rainha Quiximbi canta para atrair homens ou mulheres. Não escolhe, não. Mas só aparece em noite de lua. Aquela luz que se vê na água são seus cabelos compridos sem pentear.

Dudu Calunga

Festão animado aquele!

Gente miúda, gente graúda, branco, preto, café com leite, menino de chupeta, vovô de cachimbo... Cê precisava ver.

Meia-noite os batedores de atabaque cansaram-se.

Encostaram os instrumentos e saíram pra beber qualquer coisa.

Também, tinha de tudo naquele festão, hem?

Refresco de casca de abacaxi, vinho de jenipapo, cachaça, manguaça, meladinha – o que você quisesse.

Foi quando se ouviram tropéis! *Popoco! Popoco! Popoco!* Não era um tropel qualquer de um cavalinho qualquer. Mas ninguém não correu.

Um cavaleiro entrou no terreiro. Ninguém sabia quem era. Algumas vovós faziam ideia. Saber, no duro, ninguém sabia não.

O cavalo empinava todo. E quando suas patas batiam no chão faziam *popoco!*

Vimos que ele tinha só uma perna. Usava um boné vermelho e carregava um pandeiro debaixo do sovaco.

– É Ossanha – uma vovó explicou. – É Ossanha, na certa, porque acabei de achar aquele sapato que perdi no mato.

– E eu achei agorinha mesmo os brincos que perdi na casa de nhanhá! – gritou a negrinha.

Foi aí que a alegria aumentou. Começaram a achar coisas perdidas há muito, muito tempo.

O povo só sentia pena que um negrinho tão bonito tivesse só uma perna. Tão bonito e tão rico, sorrindo pra todos, de roupas finas.

Os pais de santo pegaram então o negrinho e o levaram pra dentro ver o peji – onde estavam os orixás cobertos de balangandãs.

A festa podia lá continuar sem ele?

Muita gente aproveitou, então, para espiar o cavalo.

– Será que ele não é Ossanha? – perguntou um garoto. – Olha só o cavalo dele.

Não é que o cavalo tinha o corpo torto? Do lado que tinha a mão não tinha o pé.

A cabeça também era torta. Do lado que tinha venta não tinha olho. E da banda que tinha chifre não tinha orelha.

Mais parecia cavalo de pau, pois não piscou o único olho que tinha. E da sua venta não saía ar.

Os pais de santo trouxeram o negrinho de volta. Cê precisava ver o que a festa esquentou!

Ele tirou o pandeiro de debaixo do sovaco.

E *páquete-papáquete-páquete-papáquete!*

Tudo quanto foi moça caiu no samba. Uma não ficou.

Chegava num ponto, de tanto sambar, elas iam diminuindo.

Ficandinho pequenas, ficandinho pequenas até caberem no pandeiro dele. Aí entravam. Lá dentro continuavam a sambar.

Páquete-papáquete-páquete-papáquete!

Quando a última ialê entrou no pandeiro do negrinho... o cavalo dele falou:

– S'imbora, Dudu!

Ninguém ficou espantado do cavalo dele falar, não.

Mas aí se viu que ele não era Ossanha.

– Peraí, Calunga – o negrinho respondeu.

Tacou a mão no pandeiro. Tão forte que até hoje se escuta.

O negrinho foi crescendo, crescendo, crescendo. As ialês, que tinham ficado pequenininhas para entrar, voltaram ao tamanho delas mesmo. O negrinho de um pé só levou todas pro seu Candomblé, do outro lado do mar.

Era Dudu Calunga.

Cururu virou pajé

Antigamente, os caiová não tinham fogo.

Comiam carne crua. De noite não podiam sair lá fora, na escuridão.

Só conheciam a luz do Sol e de Ci, a Lua.

O dono do fogo era o Urubu-Rei. O sabidão guardava o fogo debaixo das asas. Que era pra ninguém se apoderar dele, não. Baíra ficava pensando em como ele ia fazer pra tirar o fogo do Urubu-Rei.

Carecia pensar muito, porque o Urubu não era bobo nem nada.

Um dia, Baíra se cobriu todinho de cupim. Depois, deitou muito quieto, fingindo que tava morto.

A Mosca Varejeira, que não tinha nada com isso, correu avisar ao dono do fogo. Que tinha um índio morto e cocoreco, cocoreco, bico de pato.

O Urubu-Rei, que, naquele antigamente, morava nos céus, não teve dúvida. Pegou a família e desceu.

(O Urubu-Rei era gente. Tinha pés, mãos, puxava conversa e coisa e tal.)

– Vigiem este aí, meus filhos –, ele mandou. – Enquanto eu e sua mãe acendemos o fogo pra fazer um moquém. Um dia é da caça, outro do caçador.

Toca a preparar o moquém.

Vai que uma formiga picou o pé de Baíra.

Foi ele bulir, com a dor, os filhos do Urubu avisaram o pai:

– O morto buliu. Não será que ele tá fingindo?!

O pai nem te ligou. Continuou vexado, abanando o fogo.

A mãe deles foi que ralhou:

– Conversa não enche barriga. Em boca fechada não entra mosca.

Quando o fogo estava quase aceso, um carapanã ferrou a mão de Baíra.

Foi ele bulir, com a dor, os filhos do Urubu avisaram o pai:

– O morto buliu. Não será que ele tá fingindo?!

O pai fez ouvido de mercador. A mãe ameaçou:

– Conheço um remédio pra falador: vara de marmelo.

Acabou que o fogo acendeu debaixo do moquém.

Baíra, que só tava mesmo esperando, deu um pulo, roubou o fogo e... pernas pra que te quero!

O Urubu, sem o seu almoço, saiu voando atrás.

Baíra se meteu num pau oco. O Urubu se meteu atrás.

Baíra ganhou um tabocal. O Urubu se estrepou: mal entrou, prendeu as asas nas tabocas. E lá ficou, gritando desaforos.

Na beira do rio, Baíra avistou os caiová do outro lado.

Se ele fosse de barco, Urubu tinha tempo de se soltar das tabocas. E era uma vez um fogo roubado.

Pensamenteou rapidinho.

Chamou a Cobra-Surradeira, enganchou o fogo nas costas dela e mandou que levasse.

O fogo era tão quente que, no meio do igarapé, a Cobra-Surradeira baubau. Esticou as canelas.

Baíra puxou o fogo com uma vara comprida.

Chamou outras cobras: a Sucuri, a Coral, a Cascavel, a Boinaguá. Enganchava o fogo nas costas delas. Adiantava? No meio do igarapé as coitadas morriam fritas.

Baíra puxava o fogo com uma vara lá dele.

Mandou o Camarão. Chegandinho do outro lado, ele foi ficando vermelho, ficando vermelho... Bateu as botas.

Chamou o Caranguejo e, depois dele, a Saracura. Não adiantava nem nada.

O Urubu-Rei, minha mãe, ia chegando. Adeus fogo.

Nisso, vinha passando o Cururu, que Baíra nem pensava nele.

Baíra enganchou o fogo nas costas do Cururu.

Pulando, pulando, o Cururu chegou pertinho da outra margem.

Os caiová aí laçaram ele com as embiras que tinham lá.

Na horinha mesmo que o Urubu, com sua gente, ia jantar o herói.

Como ele escapou?

Baíra fez o rio ficar estreitinho, estreitinho. E pulou.

Desse jeito que eu contei, os caiová ganharam o fogo.

Baíra ganhou o mundo.

O Cururu virou pajé.

Tem mais história não, gente!

História de Trancoso

Era uma vez um fazendeiro podre de rico, que viajava solitário.

– Ah, quem me dera encontrar por aí um companheiro de estrada...

Não é que encontrou? Num rancho em que parou para beber água, o fazendeiro achou um padre querendo seguir viagem, mas morria de medo.

– Pode-se saber de que vossa senhoria tem medo? – perguntou o fazendeiro.

– De curupira. Me avisaram que a estrada está assim deles.

– Não se avexe – falou o fazendeiro. – Comigo não tem curupira nem mané-curupira. Venha comigo.

Andaram que andaram. Quando já ia escurecendo, ouviram a mata bulir. O padre se benzeu, o fazendeiro preparou a espingarda.

– Se for encantado vai virar peneira – avisou.

– Calma – gritou uma voz de taquara rachada. – É gente que aqui vai.

– Se é cristão se aproxime – gritou o padre, medrosão.

Era um roceiro montado num burro velho.

– Posso entrar nesse cortejo? – perguntou com respeito.

O roceiro tinha um só dente na frente. E cara de bobo.

O fazendeiro e o padre torceram o nariz. Mas lá seguiram viagem.

Anda que anda, só os dois proseando.

O roceiro tinha lá papo para aquela conversa de doutor?

De quando em vez destampava uma moringa e bebia um gole d'água.

O padre e o fazendeiro morrendo de sede.

O padre não aguentou mais:

– Sou servido um gole desta água. Pra matar minha sede.

O roceiro emprestou a moringa ao padre.

O fazendeiro, porém, aguentou firme. O roceiro de quando em quando, ofertava:

– Um golinho d'água, nhonhô? Tá fresca, fresca...

Até que o fazendeiro se entregou:

– Já que vosmicê tanto insiste, me dê cá a saborosa.

O fazendeiro não tinha era coragem de botar a boca onde o roceiro botava a sua.

Procurou um lugarzinho lascado, pensamentando: "Nesse lascado ele não deve usar".

– Gozado, nhonhô – disse o roceiro. – É mesmo aí, nesse quebradinho, que acostumo de beber.

Os três viajantes pararam numa venda. Comeram jabá, com feijão e mandioca, depois um copo de jurubeba.

Antes de dormir, não é que o dono da venda pegou um queijo de cabra e deu de presente pra eles?

Tão pequetitinho que nem dava para dividir.

O padre, que era muito sabido, deu uma ideia:

– Vamos dormir. Quem tiver o sonho mais bonito fica com o queijo.

Dormiram que Deus deu. No canto do primeiro galo pularam da cama, selaram os cavalos enquanto o roceiro ajeitava seu burro velho. Engoliram um café com vento... E pé na estrada.

A fome apertou, o padre foi contando o seu sonho:

– Sonhei com uma grande escada de ouro, cravejada de marfim. Começava juntinho do meu travesseiro... Furava as nuvens lá em riba... Ia subindo, subindo... E sabem onde terminava?

– Não – respondeu o fazendeiro.

– No céu. Ninguém pode sonhar coisa mais bonita. Conforme o combinado, o queijo é meu.

– Pois eu – disse o fazendeiro, picando o rolo de fumo – sonhei com um lugar iluminadão. Só que não tinha lâmpadas.

– Como não tinha lâmpadas? – perguntou o padre.

– A luz nascia das coisas – explicou o fazendeiro.

– Vocês já viram um cacho de banana servindo de lustre? Pois nesse lugar tinha. Já viram areia de prata de puro diamante? Pois era assim nesse lugar que sonhei.

– E pode-se saber que lugar era este? – perguntou o padre, sem jeitão.

– O céu. Você sonhou com a escada pro céu. Eu sonhei que já estava lá. Conforme o combinado, o queijo é meu.

O fazendeiro foi abrindo o surrão para pegar o queijo. Jacaré achou? Nem ele.

– Ué! onde se meteu o danado?

– Agora que vocês contaram o sonho – falou o roceiro –, tenho uma coisa pra contar.

O padre e o fazendeiro olharam o roceiro de banda.

– Cês não ouviram um barulho de noite? Pois era eu que me levantei pra comer o queijo. Como vocês estavam no céu, achei que não precisavam mais do queijo.

Sabem quem era esse roceiro?

Trancoso.

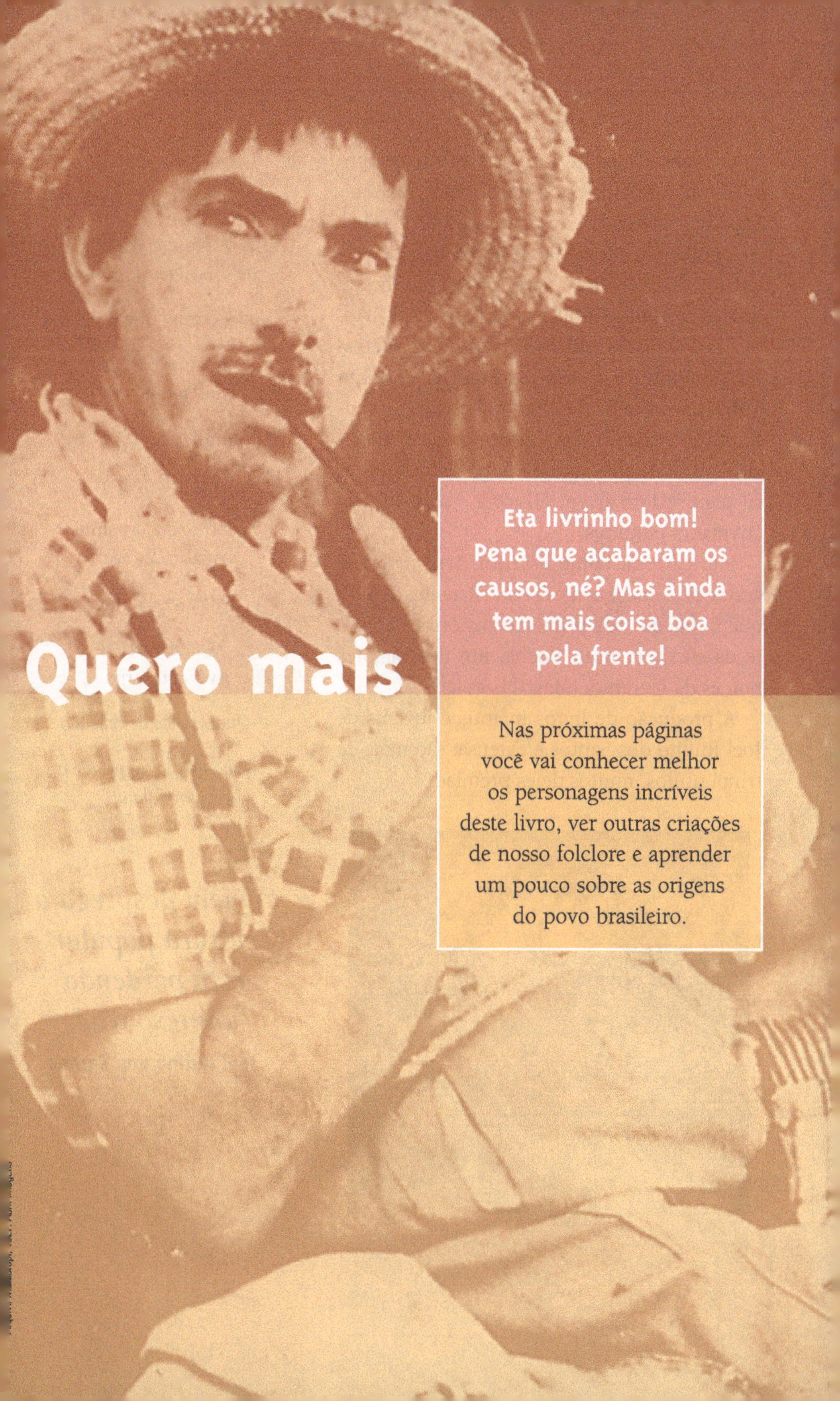

Quero mais

Eta livrinho bom! Pena que acabaram os causos, né? Mas ainda tem mais coisa boa pela frente!

Nas próximas páginas você vai conhecer melhor os personagens incríveis deste livro, ver outras criações de nosso folclore e aprender um pouco sobre as origens do povo brasileiro.

Quem escreveu este livro?

O carioca Joel Rufino dos Santos sempre admirou o folclore brasileiro desde menino. Sua avó materna era do interior de Pernambuco e tinha o hábito de lhe contar lendas do sertão nordestino. Foi assim que ele conheceu muitos personagens que fazem parte deste livro.

Em sua juventude, Joel passou a se interessar por política e pela história do país. Em 1964, na época da ditadura militar, ele foi preso por protestar contra o governo e acabou exilado no Chile. Três anos depois, voltou ao Brasil para se formar em História e se dedicar a atividades culturais.

Sua carreira como escritor para jovens e crianças começou na revista *Recreio*. Foi ali que publicou suas primeiras histórias a convite da escritora Ruth Rocha, um dos maiores nomes da literatura infantil brasileira.

A produção de livros infantis e juvenis de Joel Rufino dos Santos é extensa: são mais de trinta títulos, muitos deles premiados.

Arquivo pessoal

Outras obras de Joel Rufino:

A pirilampeia e os dois meninos de Tatipiru

Afinal, quem fez a República?

Aventuras no país do Pinta-aparece

Marinho, o marinheiro

O burro falante

O caso do jornalista Apulco de Castro

Paulo e Virgínia

Quando voltei, tive uma surpresa

Quatro dias de rebelião

Uma estranha aventura em Talalai

"Quem despreza a cultura popular está perdendo um tesouro."
Joel Rufino dos Santos

Temas difíceis com inteligência e humor

A história do Brasil é um tema frequente nos livros de Joel Rufino, que conhecia o assunto muito bem. Afinal, ele também foi professor de História e gostava de escrever sobre o tema, misturando crítica, inteligência e humor.

Alguns personagens importantes da história já viraram livros nas mãos de Joel Rufino, como Zumbi – herói negro, líder do Quilombo de Palmares – e Maria Quitéria – heroína que se vestiu como um soldado para lutar pela independência do Brasil.

Além de figuras conhecidas, Joel também escrevia sobre as pessoas simples e anônimas, e principalmente sobre negros e índios. Seu olhar crítico focava as injustiças e as desigualdades sociais, nos estimulando a questionar a realidade em que vivemos.

Rugendas, *Habitação de Negros*, 1835. Litografia.

A escravidão é um tema muito abordado nos livros de Joel Rufino. Como intelectual negro, ele tem usado a arte para combater o preconceito e a discriminação.

Por toda parte

Você sabe dizer o que é folclore? Essa palavra é formada pela união de dois termos da língua inglesa: *folk* quer dizer povo e *lore*, conhecimento. Mas folclore é muito mais que isso.

Folclore é tudo aquilo que faz parte da tradição de um povo: festas, danças, rezas, jogos, pratos típicos, músicas e até histórias, como as que você leu neste livro.

Falando nisso, você sabe como surgiram os personagens como o saci, o curupira, a rainha Quiximbi, e muitos outros que você viu por aqui? Alguns existiam no imaginário popular entre os índios antes do Descobrimento, outros chegaram ao Brasil com a tradição dos portugueses e, mais tarde, com os africanos. E outros ainda foram criados com a mistura dessas três culturas e viraram patrimônio brasileiro.

Fernando Abrunhosa/Abril Imagens

A festa do boi-bumbá (ou bumba meu boi) acontece anualmente no Norte e Nordeste do país. O personagem principal do espetáculo é um boi feito de madeira e coberto com pano colorido.

John William Waterhouse, *Mermaid*, c. 1901. Royal Academy of Arts at London.

De onde vem essa mulher com rabo de peixe?

A sereia é um exemplo de lenda que se modificou pela influência de outras culturas. Primeiro, este mito europeu chegou ao Brasil com os portugueses. Alguns estudiosos acreditam que os índios se inspiraram nela para criar a lenda da Iara, uma índia encantadora de longos cabelos que mora nos rios e canta, ao final da tarde, para atrair os homens, levando-os a se afogar. No folclore africano, Quiximbi (a viúva da história) é a divindade das lagoas e dos rios.

Frederic Jean/Abril Imagens

Lenda que vem da água

Uma lenda indígena conta ter havido uma linda moça que desejava ser uma estrela só para ficar perto da lua. Um dia, ela se jogou na lagoa para alcançar a imagem ali refletida e se afogou. De pena, a lua a transformou numa estrela da água, a vitória régia, uma planta aquática formada por grandes folhas redondas e uma pequena flor branca.

Você sabia?

Pratos como tapioca, canjica, pamonha, biju e pipoca são tão indígenas como a rede de dormir, a jangada, a esteira, os telhados de sapé, a peneira e a arapuca, além do artesanato com plumas, sementes e objetos de cerâmica.

Os povos que já estavam aqui

Muito antes do Descobrimento, o Brasil era habitado por povos espalhados por todo o território. Os portugueses os chamaram de índios.

Estima-se que eram mais de 15 milhões naquela época. Hoje restam apenas 325 mil índios no Brasil – eles não resistiram à escravidão, às guerras tribais, às doenças trazidas pelos colonizadores, como gripe, sarampo, varíola, e à perda de suas terras. Ainda assim, são 215 nações indígenas, a maioria vivendo em reservas demarcadas pelo governo, e há pelo menos 50 grupos que nunca mantiveram contato com outras culturas.

Nicolino A. Brun

Cacique da tribo Bororo no Mato Grosso. No século XIX, a população dos Bororo foi quase exterminada depois de conflitos com os colonizadores.

Como é um típico dia de índio?

Nas aldeias, as mulheres são responsáveis pela agricultura. Os homens dedicam-se à caça, à pesca, à construção das ocas (cabanas de palha) e à proteção da tribo. As pequenas tarefas ficam para os velhos e as crianças.

A tribo é chefiada por um cacique, com função de organizar as coisas comuns. O pajé é o chefe religioso e responsável pelo tratamento dos doentes. Como você se lembra, em uma das histórias, o sapo cururu ficou importante e virou pajé na tribo dos Caiová.

História de sofrimento

Você se lembra que a escravinha de *A botija de ouro* é deixada no tronco pelo feitor durante 549 noites seguidas? Ninguém aguentaria essa situação na vida real, mas o exagero do conto se refere a fatos históricos bem tristes e reais.

A escravidão no Brasil começou com a colonização portuguesa. A princípio, os índios eram a mão de obra utilizada nas lavouras, mas muitos não suportavam e morriam. Os colonizadores resolveram escravizar negros africanos, que pareciam mais fortes. Tribos inteiras eram capturadas na África e transportadas em condições desumanas nos navios negreiros, onde mais de um terço morria de fome, doença, desgosto e maus-tratos.

Em 1888 a escravidão foi abolida. Porém, sentimos ainda hoje marcas desta terrível passagem de nossa história. Os reflexos estão no preconceito racial e na situação de pobreza da maioria dos negros.

Gildo Lima/Abril Imagens

O candomblé é uma religião de origem africana que conquistou muitos seguidores no Brasil. As divindades são chamadas de orixás. Acima, mulher representa Oxum, orixá das águas doces e símbolo da fertilidade.

Mitos de uma perna só

O mito africano de Dudu Calunga, um negro caolho de uma perna só e chapéu vermelho, é muito parecido com o do saci. O saci não é malvado, mas gosta de trançar o rabo dos cavalos e esconder as coisas. Viaja em redemoinhos de vento e para capturá-lo basta jogar por cima uma peneira com uma cruz no fundo. Depois, é preciso tirar seu gorro: daí em diante, ele fará qualquer coisa que a pessoa pedir.

Você sabia?

Um dos pratos mais apreciados no Brasil, a feijoada, nasceu nas senzalas. Quando se matava um porco, as melhores partes do animal iam para a casa-grande e as piores – rabo, pés, orelhas – para os escravos, que então as ferviam no feijão preto. Além da feijoada, comidas como vatapá, acarajé e quindim vêm da influência negra, que também originou danças e ritmos. Samba, batuque, congada, afoxé, maracatu e frevo são exemplos disso.

coleção

QUERO LER

Suplemento de Atividades

ea
editora ática

O SACI E O CURUPIRA E OUTRAS HISTÓRIAS DO FOLCLORE

• Joel Rufino dos Santos

Certamente você se divertiu bastante ao ler as histórias deste livro. Talvez você até já conhecesse alguma delas, ou algum de seus personagens, não é mesmo? Ler, ouvir, contar e recontar histórias é sempre muito bom. E pensar sobre o que lemos também vale a pena, pois pode ser divertido e enriquecedor. Vamos lá?

Nome: ....

....

Ano: .... Ensino: ....

Estabelecimento: ....

....

QUEM ORGANIZA, COMPREENDE

2. Preencha o quadro abaixo com dados localizados nos contos:

Contos	Cenário	Hábitos	Linguagem popular
"O saci e o curupira"	floresta	caçar	"Eta fuminho fedorento!"
"História de Trancoso"			
"Dudu Calunga"			
"Rainha Quiximbi"			
"A botija de ouro"			
"Cururu virou pajé"			

QUEM COMPREENDE, APRENDE

3. As histórias populares quase sempre procuram explicar fenômenos da natureza ou transmitir exemplos de

(a) As lales diminuíram de tamanho e foram levadas para sempre por Dudu Calunga.
(b) O Urubu-rei não queria dividir com ninguém o que tinha.
(c) O saci e o curupira não perdoaram o caçador.
(d) O padre e o fazendeiro desprezaram o roceiro e se deram mal.

( ) Explicação para o conhecimento do fogo, que significou grande poder sobre a natureza.
( ) Algumas entidades protegem a natureza. Enganá-las significa prejudicar a própria natureza.
( ) A sabedoria não vem apenas do estudo. Vivência e experiência também contam.
( ) É um alerta para não se deixar enganar por pessoas que não são conhecidas.

4. Os provérbios também são formas de expressão da sabedoria popular. Assinale com um X o provérbio que melhor se relaciona com a história “A botija de ouro”:

( ) Nem tudo o que reluz é ouro.
( ) Cada macaco no seu galho.
( ) Quem tudo quer, tudo perde.

QUEM SE INFORMA, RELACIONA

5. Leia as informações contidas na seção “Quero mais” do livro para responder:

A Que lenda tem elementos em comum com a história da Rainha Quiximbi?

....

B Que outra personagem de nosso folclore lembra Dudu Calunga?

....

Concepção pedagógica deste suplemento:
professoras Ana Maria T. Borgatto,
Terezinha Bertin e Vera Marchezi.

1. Vamos relembrar os personagens das histórias, preenchendo esta cruzadinha:

1. Bate na árvore para saber se ela resistirá à tempestade.
2. Divindade que ajuda a encontrar coisas perdidas.
3. Leva moças para o seu candomblé.
4. Roceiro esperto.
5. Tribo que não tinha fogo.
6. Em troca de pólvora, promete caça.
7. Morre com fogo enganchado nas costas.
8. Foi enganado pelo roceiro.
9. Mulher que se transforma em rainha das águas.
10. Encontra a botija de ouro.
11. Rei das criaturas encantadas.
12. Leva o fogo para os caiovás.

Um duende de fogo

João Galafoice, o sertanejo de "O saci e o curupira", *é um personagem do folclore que aparece à noite, como uma luz, nas ondas do mar ou nas pedras. Em Pernambuco, os pescadores dizem que ele é a alma penada de um caboclo que morreu pagão, e que se chamava João Galafuz.*

Cartaz do filme *Jeca Tatu*, produção que rendeu muitas sequências e fez grande sucesso nas décadas de 1960 e 1970.

É caipira, sô!

Sertanejo, roceiro, matuto, caipira... Existem muitos nomes usados para falar do homem pobre que vive na roça e que passa o dia trabalhando duro.

No entanto, não é só serviço pesado que o povo do campo sabe fazer. Eles também produzem muita arte. A música caipira é o melhor exemplo. Com a viola de dez cordas, o típico sertanejo criou um estilo conhecido como "música de raiz", que ficou famosa no Brasil inteiro.

Outro marco da cultura caipira são suas festas. As mais famosas são as juninas, que homenageiam os santos católicos do mês de junho: Santo Antônio, São João e São Pedro. A tradição veio de Portugal e foi adotada por todo o Brasil. Na região Nordeste e em muitos locais do interior do país elas são mais esperadas que o Natal.

Fogueira, bandeirinhas coloridas e fogos fazem companhia às comidas e bebidas típicas: pipoca, quentão, vinho quente, pé de moleque, milho e batata-doce, bolo de fubá, sagu, doce de abóbora, curau, pamonha, cocada, gelatina de pinga e muito mais!

Danado de esperto

Criado por Monteiro Lobato, o Jeca Tatu, um caipira que se torna rico, ficou famoso no Brasil. Seu maior sucesso foi no cinema, com a interpretação do ator Amácio Mazzaropi em dezenas de filmes nos quais encarna o caipira ingênuo mas esperto, como Trancoso. Vale lembrar que o roceiro do livro é um famoso personagem do folclore português.

Lá vem história

Antes de a vida ficar tão moderna com televisão, videogame e internet, reunir-se nas rodas de histórias fazia parte do dia a dia de todo mundo. Era uma forma agradável de passar o tempo em grupo e aprender sobre vários assuntos, além de espantar a solidão e o tédio.

Os personagens do folclore, que você conheceu neste livro, sobreviveram assim, no boca a boca.

Mas não é só de histórias faladas que vive a tradição oral. O violeiro, por exemplo, transmite "causos das outras bandas" nas letras de suas canções.

A figura do cantador provém do trovador medieval, que corria o mundo cantando histórias de bravuras e amores trágicos. E em plena era da informação os historiadores estão cada vez mais recorrendo à investigação do conhecimento transmitido oralmente. É que a partir da memória coletiva torna-se possível conhecer a história do homem comum, seu cotidiano e sua maneira de pensar, permitindo resgatar e conservar as manifestações infinitas da alma popular.